追星星的人

莫西

献词

献给曾在黑夜中寻光的自己

献给仰望星空满怀好奇的孩子

献给那些仍愿赤脚追梦的大人

前言

人生就像一场永不停歇的旅程，时而辽阔，时而幽深。我们每个人都如同一位追星星的人，怀揣着一份模糊而坚定的渴望，走在未知的路途上，寻找那束微弱却熠熠生辉的光芒。然而，这光芒究竟是什么？是远方的梦想，还是我们内心深处那个真实的自己？

人们的内心总是充满了各式各样的矛盾与冲突：我们渴望安全，却又向往自由；我们害怕孤独，却也需要独处来面对自我；我们追求光明，却时常被内在的黑暗所困扰。人生的每一段旅程，都像是一场自我对话，是与欲望、恐惧、幻觉和真实的自己不断交锋的过程。

从孩童时期开始，我们被赋予了一个"盒子"。盒子里是规则、是安全、是被动的成长与无声的束缚，它构建了我们对世界的初步认知，也埋下了渴望突破与成长的种子。我们习惯于躲在盒子里，因为盒子带来了一种确定性和舒适感。但与此同时，盒子也让我们逐渐忘记了自我，失去了探寻未知的勇气。心理学家荣格曾提出"个体化"概念，即人一生的任务是去整合意识与潜意识，接纳阴影中的自己，最终成为完整的人。撕开盒子，踏上寻找星星的旅途，其实就是我们探索内心、重塑自我的过程。

这本书，是关于"走出去"的故事，是关于那些孤独而坚定的追星星的人。在追逐梦想的旅途中，我们会遇到各色各样的人或事，有的让我们迷失，有的让我们觉醒，有的在最深的绝望中带来一丝慰藉与温暖。这一切都在告诉我们：要实现真正的成长与自由，我们需要直面自己的阴影，拥抱那个不完美却真实的自己。

我写下这些故事，不是为了给你提供最终的答案，而是希望与你一同探寻：

我们如何在迷茫与孤独中，找到内在的平静与力量？

我们如何接纳自己的不安与脆弱，让真实的自我在破碎与重建中变得完整？

愿你在这本书中找到属于自己的那颗星星，它可能在遥远的天际，也可能早已藏在你内心的深处。

目录

第一章：藏在盒子里的人 1

第二章：飞来的"星星" 10

第三章：被遗弃的花束 19

第四章：猫的故事 29

第五章：再见蒲公英 40

第六章：小怪兽与牧羊人 47

第七章：变色龙 65

第八章：拼凑灵魂的人 76

第九章：路边的大树 83

第十章：赤脚神灵 90

第一章：藏在盒子里的人

我是一个藏在盒子里的人。

这是在我走出盒子后才彻底明白的事情。

那是一个方方正正的盒子，用瓦楞纸做成，灰棕色，50 厘米见方，厚度 5 毫米。

你可能会好奇，我为什么能把它描述得这么准确？因为在盒子里，我花了无数时间修习数学、哲学和物理，还绘制了大量的几何图形。我甚至练到可以不用圆规，徒手画出完美的正圆和等边三角形。

我从小就待在这里，四周是公式、图表，以及写满了"规则"的文字。没有人告诉我为什么要学习这些，只是仿佛这就是"应该做的事"。

盒子顶部的中线位置，有一条大约 50 厘米长、细细的缝隙。

白天，缝隙里会透进一缕金黄色的光芒，刺眼又明亮，正好洒在我的脸上。我透过这道光，看到盒子的材质：灰棕色的纸面粗糙无比，表面印着密密麻麻的字。我总是借着光线，努力修习盒子里的公式和法则，尽管我始终弄不明白，这些到底有什么用。

有时，缝隙会吹来一阵风，带着黄色的灰尘；有时又会带来淡淡的雨水的腥味。

晚上，一切都变得黑暗。偶尔，会有一丝柔弱的白光透过缝隙洒进来，似乎外面还飘荡着虫子们热切求偶的歌声。

盒子是一个安全而温暖的地方。我会蜷缩着睡觉，会跪坐着思考，偶尔也会发呆地想："缝隙外面到底是什么样的？是另外一个盒子吗？"但每当我的手触碰到缝隙，看到盒子上写的字时，我总会迅速缩回手指——

"注意：外面很危险，你会面对无数未知的恐惧！"

这时，我总会对自己说："我这样总想去缝隙外面是不对的。我生活在盒子里，盒子保护了我，而我就必须遵守盒子的规则。这就是我的世界应该有的样子。"

有时候，我疑惑的想：盒子外面会不会也是这样——到处都是"禁止""必须""应该"，而没有"为什么"。

直到有一天，盒子的缝隙里挤进来一个白色的、带着毛茸茸降落伞的种子。

它自称叫蒲公英，关于外面世界的许多故事，都是它告诉我的。

"虽然我是阳光和风的孩子，但我可不是一株普通的蒲公英。"它骄傲地说，"我生活在一棵巨大的树下面。我的母亲告诉我们要努力飞向旁边的溪流和森林里，这样才继续我当前安逸的生活。我那些兄弟姐妹都很听话，可我却是个天生叛逆的家伙！我是个喜欢看星星的蒲公英。"

"星星？"我好奇地问道，"那是什么东西？"

蒲公英轻蔑地看着我，整个白色绒毛都在颤抖："你这个生活在盒子里的孤陋寡闻的人，竟然连星星都不知道！"

我有些羞愧，觉得自己好像错过了这个世界最神秘而美好的东西。

"星星有很多颜色，黄色、白色、蓝色、红色、紫色，甚至绿色。它们镶嵌在大大的牌子上，组成很多漂亮的字。它们也会出现在一个黑色巨大的水泥盒子里。很多人收集星星，把它们带回家，和它们聊天，在它们的光芒下跳舞、唱歌，热闹极了！"

蒲公英越说越兴奋，激动得绒毛都微微颤抖起来："这些都是路过的鸟告诉我的！它们是我从没有见过的景象，一定美丽极了！可是，我的母亲说，我描述的那些并不是星星，而且它们特别坏，会要了我的命！"

"什么？这么危险？"我吓了一跳，条件反射般地缩了缩身体，"那你为什么还喜欢它们？"

蒲公英笑了笑，声音里充满了坚定："人们总是因为未知的恐惧，轻易否定自己的梦想，然后在平淡而腻味的生活里酩酊大醉，向世界哭诉自己失去了梦想。我可不要变成这样！我是自由的蒲公英，喜欢冒险。如果我爱、我喜欢，就算是死亡也无法阻止我飞向它！要不是风把我吹偏了方向，我现在早就到星星的世界了！"

蒲公英的话让我感到一种莫名的羞耻，也有一种敬佩。我很想为它做点什么。

于是，我和它探讨风的阻力、重力，以及它飞行的速度和距离。我们计划在一个风起的日子里，帮它完成飞向星星的梦想。

在一个吹着东南风的早晨，蒲公英要启程了。

"我感觉浑身充满了力量！"它兴奋地对我说，"再见了，我的朋友！追求梦想太令人激动了！希望有一天，你也能为了什么而打开盒子，看看外面多彩的世界。如果你走到一个满是星星的地方，看到一株摇曳着的、最美的蒲公英，那一定就是我！"

我的手托着它，让它穿过缝隙。风吹了起来，蒲公英轻盈地飘向远方，渐渐消失在光芒里。

从那天起，我的心里仿佛也出现了一道缝隙。一缕明亮的光透了进来，将我照得灼热无比。

我的手心脚心燥热得发烫，心脏也"扑通扑通"地乱跳。

我开始无法专注，做什么都容易走神。回神时，我的手总会在空中抚摸那透进来的光线，甚至是空气中飘动的灰尘。

夜晚，我也无法安眠，常常莫名地流泪。泪水打湿了盒子的底部，纸板变得柔软起来。我下意识地用手一按，竟戳出了一个小小的圆洞。我吓了一跳，立刻缩回手，看见指尖沾着黑色的泥土，还带着一股湿漉漉的青草气息。

这一切都让我恐慌，却也让我隐约感到，盒子之外的世界，正在向我招手。

第二章：飞来的"星星"

一天夜里，盒子的缝隙处传来一阵翅膀扇动的声音，还有一闪一闪的光亮。

"你是谁？"我好奇地问道。

"我是一颗星星。"一个细细嫩嫩的声音回答道。缝隙里，两只触角和一双黑色的眼睛若隐若现。它接着问："你在哪里？我怎么看不到你？"

"我就在这里，我是生活在这个封闭空间的人。"我答道。

"可怜的家伙，你生活在那里多无趣啊！你快出来欣赏我美丽的身影吧！我敢说，你一定没见过像我这样拥有美丽光芒的星星。"它的语气骄傲极了，像个爱炫耀的小家伙。

　　"我出不去，这里没有窗户和门，而且墙壁很坚硬。"我低声说着，其实那是个借口。还好有盒子挡着，它看不到我羞红的脸。

　　"这才不是什么房子，这只是个柔软的盒子，像我这种大力士，我轻轻一拉就能把它劈成两半！"

　　缝隙里伸进来两只细细的爪子，扒了半天，缝隙却纹丝不动。它喘着气停了下来，说："你是不是因为害怕所以不敢出来？放心，有我在，外面很安全！我非常强壮又漂亮！"

　　我默默地没有作声。

　　但那天晚上，我却睡得格外香甜，甚至做了一个梦。梦里，有一种耀眼的光芒，让人感到幸福。

第二天，它又飞来了。缝隙里闪闪发光的，是一种淡淡的黄色光芒。

"你看我的光芒是不是很美丽！你知道吗？有无数的人为了我争风吃醋！"

听着它炫耀的声音，我忍不住笑了，说："嗯，是的，你真是我见过的最美丽的星星。"

它开心极了，兴奋得在盒子上跳来跳去，我甚至听到了它轻快的脚步声。跳完后，它咳嗽了一下，很郑重地宣布："你是个非常有眼光的人！我决定，你拥有了成为我最好朋友的资格。"

我有朋友了！而且是个非常有趣的小家伙。虽然它爱说大话，又弱小得很，但你要知道，作为一个孤独的盒子人，当一颗会发光的"星星"郑重地宣布你是它最好的朋友时，那是多么温柔又让人动心的事情啊。

第三天、第四天、第五天……第六天，它每天都在那个时刻到来，闪烁着光芒，在盒子上唱歌、跳舞，骄傲地唠叨着它的见多识广。

我的心开始安静下来。我不再哭泣，也不再失眠。每一天，在那个时刻来临之前，我都会安静地坐好，仰着头，望向缝隙的方向，期待它的到来。

我想，生活在盒子里真的很好，这里很安全，还有一个可爱的朋友每天来探望我。

第七天，它的光开始暗淡下来，声音也变得若隐若现。

"我的好朋友，我要走了。"

"你要去哪里？"我的心跳突然加快，一种不安的感觉涌了上来。

"我在陆地上的使命快要结束了，我要回到星星的世界里去了。"它的声音里透着一丝微弱，翅膀摩擦的声音也变得稀疏。

"临别时，我想送你一个礼物。"

"什么礼物？"我急切地问道。

"礼物就在盒子的边上，我塞不进缝隙里。"它顿了顿，又轻轻说道，"我喜欢和你说话，素未谋面让我们保持着心灵的交流和神秘感。但我也想过，如果有一天，你能为了我而走出盒子，那我就会觉得自己足够特别，做了一件了不起的事情，甚至我身边所有的星星都会崇拜我。"

　　"你离开这里，是要回到那些星星中间吗？"

　　"是的。即便生活在那么多星星中间，我也是最明亮、最强壮的那一颗。"它笑了笑，带着一丝骄傲。

　　沉默片刻后，它轻声说道："对不起。"

　　"为什么要说对不起？"我诧异地问。

　　"我撒谎了。我并不是最亮的星星。我很弱小，也从来没有人喜欢我。"它的声音中透着一丝哀伤，然后再次沉默了。

　　我的心猛地一紧，脱口而出："我很喜欢你。你是我最好的朋友。"

　　我突然很想出去抱抱它，便开始用身体撞击盒子的缝隙，用手抠着盒子边缘。

"我很孤独，你是我在地球上最好的朋友。"它笑了笑，补充道，"也是唯一的朋友。"

盒子的壁渐渐变薄，灰尘洒落下来，让我忍不住咳嗽。

"我在这里拥有一具昆虫的躯体，这个躯体很不漂亮，我为此很自卑。我知道你无法出来，所以才冲你撒谎。"它的声音继续传来。

我拼命撕扯着盒子，感觉它快要动身了。

"我不想让你看到我现在的样子，我害怕你会觉得我很丑陋。"它轻轻叹了口气，"但是等我变回星星的模样就好了。当你走到世界上最亮、最好看的星星面前，把我送给你的礼物带去给我，我就能认出你。"

外面，声音突然消失了。

而我终于撕开了盒子的顶部。

外面没有任何可怕的东西，也没有星星，也没有虫子的身影。

风吹了进来，有点凉飕飕的，东边的天空洒下一片橙色的阳光，将我温柔地包裹。

我低头看去，盒子边角上有几颗黑褐色的颗粒，像是什么植物的小小的种子，不知道是不是它留下来的"礼物"。

我转头，看了看我一直生活的地方。那是个方方正正、灰棕色的瓦楞纸盒，大概 50 厘米的长、宽、高，厚度只有 5 毫米。

　　而盒子上那句"注意：外面很危险，你会面对无数未知的恐惧！"已经被我撕得坑坑洼洼，变成了一地的碎片。

　　我将那几颗种子轻轻地放入胸前的口袋里。

　　然后，我迈出了脚步，走出了盒子。

第三章：被遗弃的花束

从这天起，我离开了生活了很久很久的盒子，来到了盒子外面的世界。

我用脚轻轻向下压了压地面，柔软而温暖，带着湿润的泥土气息。我环顾四周，四下空旷，我不知道要往哪个方向迈步。

我向旁边的灌木问道："请问，我该往哪里走？"

灌木高冷而生硬，纹丝不动，没有给我任何回应。

"哗哗哗～" 一片桦树突然哗哗作响，像是七嘴八舌地窃窃私语。我仰起头，冲着它们喊道："请问，我应该往哪个方向，才能找到星星？"

桦树们晃动着枝叶，互相碰撞，最后，所有树梢都整齐地指向了同一个方向。

这时，我的背后吹来一阵充满力量又温柔的风，将我推得踉踉跄跄，向前走去。

穿过林子，眼前的草木逐渐稀疏，露出一条黄泥铺就的小路。泥土被压得很结实，上面布满了不同的脚印：有人类的脚印，有牛蹄印，有狗爪印，还有一些我看不懂的印记。

"哎呀……哎呀……"一个细微的声音响起。

我循声望去，在大约二十米外的地面上，有一个紫色的东西趴在那里。

我快步跑了过去，尘土飞扬，仿佛给我的脚和裤腿镶上了一道金色的边。

　　那是一束紫色的花。六根折断的花枝被一条棕色的麻绳捆在一起，花瓣上沾满了灰尘，微微颤抖着，发出一声声细弱的呼唤。

　　"你还好吗？"我小心翼翼地捧起它，轻声问道。

　　"我想……我真的不太好。"花束抽泣着说，"我的枝叶渴得快要窒息了，我的花瓣也变得脆弱而干枯。我想，我的命运和名字并不相同……我已经第二次被爱人遗弃了。"

　　"也许附近有溪流或者湖泊，我把你送到有水的地方吧！"我急切地提议。

　　"不，"花束微微颤抖着，声音坚定，"我已经没有了根系，就算现在喝水，也不过是多活一两天罢了。我想让你带我去见我的爱人，问问他，为什么要抛弃我。你顺着这条路走，走到最大的那棵树下，那里有一间木头房子，他就在那里。”

我怀里捧着紫色的花束，小心翼翼地避开它脆弱的花瓣。花瓣薄如纸张，微微摇晃时便发出细碎的摩擦声，像是随时都会裂开。

走了一刻钟的路程，我看到一片小小的花圃。花圃里空荡荡的，没有任何盛开的花朵，只有零散的花根和破碎的叶子。旁边，耸立着一棵枝繁叶茂的大树，大树上建着一间简陋的小木屋。

木屋下方，一个耷拉着脑袋的小男孩正垂头丧气地坐在那里。

"不好意思打扰了，请问你认识这束花吗？"我走到男孩身边，轻轻问道。

小男孩抬起头，看向我手中的紫色花束。看到花的那一瞬间，他沮丧的眉头微微上扬，嘴角也跟着翘了起来，伸出手惊讶地问道："她不是去森林了吗？你是在哪里找到她的？"

"在路边。她快要干渴死了。"

"啊，快把她放进这个瓶子里！"小男孩连忙爬上树屋，抱下来一个水瓶，小心翼翼地倒出半瓶水，把紫色的花束插了进去。

花束吸了水，花瓣逐渐柔和了一些，但依然喘息着，像是还没有从干枯中恢复过来。

我看着小男孩，轻轻说道："这束花她想问问你，你为什么总是抛弃她呢？"

小男孩愣住了，很诧异的回答道："我怎么会抛弃她呢？从她还是种子的时候，我就耐心地播种，等待她发芽、长叶。我给她除草、施肥，才让她长得比别的花儿都要高大美丽。

后来，她开花了。镇上富豪家的男孩跑来说要把她带回他豪华的家里。他的家很大，后院还有一片湖，而我只是一个贫穷的小男孩，只有这间小小的树屋。也许在那里，她会过得更好……所以我允许他把她摘走。"

"后来呢？她又回到你身边了吗？"

小男孩点点头，继续说道："是啊，我总是想念她，便偷偷透过窗户看她。可有一天，我看到富豪家的男孩又捧着一束新的、灿烂艳丽的花走进了家门，而我的花儿却被扔在门口。我把她带了回来，我心疼她却又有些责怪她——责怪她为什么她不像其他花那样长的灿烂而艳丽？责怪她为什么无法抓住富豪家男孩的心？

后来，有一只鸟飞来了。它对我说，花朵都向往自由，它愿意把我的花带去天空，去森林，把种子撒向最自由的地方。那时我想，我是多么贫穷啊，只有这一片花圃，我不能困住她……所以我答应了鸟儿。"

小男孩叹了口气，低下了头："可我没想到，那只鸟竟然把她丢在了路边。"

花束微微颤抖着，声音柔软而伤感："可是，这些都不是我想要的啊……"

我低头看向花束，轻声问道："你想要的是什么呢？"

花儿委屈而悲伤的地看着小男孩，说："我要的是你能陪在我身边，默默看着我长大、开花、结籽和衰败，我会自己过完属于我的一生。如果你愿意，有虫子来的时候，你帮我赶走可恶的害虫，有暴雨来的时候，你帮我扶起快折断的枝叶。你只要做这些你可以简单做到的事情，我就会感到无比幸福了。"

但是，小男孩似乎没有听到花儿的话，他抬起头，迷茫地看着我说："你问我想要什么？我想要让她灿烂地盛开在一个宽敞明亮的庄园或城堡里，我希望她可以成为全世界最名贵的花朵，我希望她不要像我一样，一辈子守着这贫瘠的土地和破旧的房子。"

我看着他，又低头看向花束，轻声说道：

"花儿，他听不懂你说的话，也不懂你的心思。他只是沉浸在自我厌弃中，并期待你可以完成他自己的梦想。我想，你和一个无法交流的爱人相处是非常辛苦的。你愿意跟我走吗？"

花儿摇了摇头，轻声说道："不，我不愿意离开他。我明白，他自以为是的爱一次次地伤害了我。但我依然不想放弃，我还想再试试，再试着和他对话。我虽然恨他，但我也很爱他。"

我和花儿向男孩道别，走出了花圃。

走了几步，我突然停下，回头问小男孩：

"你可以告诉我这束花叫什么名字吗？我想记住她。"

小男孩停下忙碌照顾花圃的工作，抬起头冲我说道："这种花叫勿忘我。"

也许明年，这片花圃里还会盛开许多新的紫色的小花。

可是啊，你知道吗？

那些小花，是她，却也不是她了。

第四章：猫的故事

"喂，这位孤独的旅人，你在路上见过一只眼睛亮黄色的黑色的猫咪吗？"

一个年轻的女子靠在一棵粗壮的大树旁，微微歪着头，朝我微笑。她身穿黑色罩衫，头发松散地垂在肩膀上，看不到眼睛，只露出半张慵懒又精致的脸。旁边是一辆黑色的高高单车，车上挂着一个被岁月磨出褶皱的黑色布包。

阳光透过树叶洒落她身上，光影斑驳地晃动着，仿佛一个优雅神秘的画中人。我轻轻走过去，站在她面前，犹疑地问道："猫？我从未见过这种动物，请问它是什么样子的？"

她挑了挑眉，笑容更深了一些："猫啊，是一种敏感又疯狂的动物。它们有着大大的眼睛，瞳孔会随光线变化，还有柔软得像液体一样的身体。哦，对了，"她故作神秘地眨了眨眼，"你可以用你的故事，来交换猫的故事。"

我想了想，便把我遇见蒲公英的故事讲给了她，最后小声说道："我正在寻找星星。"

"星星？"女子愣了一下，随即笑得弯下了腰，甚至笑出了咳嗽声。她拍了拍胸口，喘息着说道："是蒲公英告诉你的那个星星吗？傻孩子，那你一直往前走，走到很多很多高高的水泥房子那里，坐在中央水泥花园的长椅上，就能看到你所描述的那种星星了。但我想，它们并不是你寻找的东西。"

她的笑声散去后，忽然神色一敛，靠在树干上，缓缓说道："那我也来讲一讲，那只猫的故事吧。"

她的声音轻柔而低沉，仿佛回忆是一道深井，沉淀着往日的岁月。

"在我像你这么大的时候，我还是个在水泥世界横冲直撞的小女巫。"

"你可能以为，女巫会魔法、会骑扫帚，掌握无数神秘的咒语。但其实，我只是个拥有一把破旧扫帚的小可怜，什么魔法都不会，孤零零地流浪在城市的街角。我总觉得这个世界都不爱我，甚至连我自己也不爱自己，我想我不过是空气里的一粒随时消散的尘埃。"

　　她顿了顿，露出一个自嘲的笑："也许孤独的人总是想把自己隐藏起来，可是内心又疯狂地渴望一个能看见自己的人。

　　有一天，有个男孩走到街口面包店，看到了在那里徘徊，饥肠辘辘的我。他递给我一块饼干和一片面包。他说，他要救赎我，带我去一个没有饥饿的地方。

　　第一天，我觉得他是骗子；第二天，我觉得他是傻瓜；可他连续来了一个月，我感觉好像变成一个不知好歹的恶毒又可怜的乞丐。

　　我忍不住愤怒的朝他大喊：'我才不需要你自以为是的善心和救赎！'

　　然后，我就骑着扫帚飞走了。

在路边，我看见了一只黑色的猫。它靠在一个垃圾桶旁，毛发凌乱地贴在瘦骨嶙峋的身体上，金黄色的眼睛亮得刺眼，像被困在黑暗中的星星。

我皱了皱眉头，看到男孩塞给我的饼干已经被我用力捏成了渣，我犹豫了一下，把饼干的碎渣扔给了它。

没想到，它带着湿润的眼角，固执地非要跟着我回家。"

女子的声音开始变得柔软，她停顿了一下，叹了口气，继续说："唉，它真是个让人头疼的小东西。我非常嫌弃脏兮兮的它，带去喷泉那里给它洗了个澡。那时候我才发现，它的身上有一道细长的疤痕，深深地嵌在皮毛下。我只碰了一下，它就痛得掉眼泪，可它却一直小心翼翼用湿漉漉的眼睛看着我，任由我粗鲁的洗它却丝毫没有躲闪。"

"它真的很奇怪。我是多么冷漠、多么偏执疯狂的人啊，而它竟然能温柔地对待我所有的任性和坏脾气。"

她的眼神变得有些伤感，继续说道："有一天，在街角我看到一个熟悉的身影，是他，他羞涩的给她送了花。我慌了神，从天空上掉了下来。是我的丑猫咪叫来了好多猫咪把我拖回到了我简陋的的棚子里。因为太用力，它身上细长的疤痕已经裂开，血珠渗了出来。

我抱着它，眼眶干涩的发痛，却没有一滴眼泪。但是我看到啊，我的丑猫咪又哭了，它真是个爱哭的小讨厌鬼啊。

'你为什么对我这么好？'我问过它很多次。可它只会抬头，亮亮的眼睛一眨不眨地看着我，我感受到被它无条件的坚定的爱着。"

女子微微笑了，声音里藏着不易察觉的颤抖："那时候，我带它骑扫帚，飞过灰蒙蒙的高楼，飞过无人问津的小巷。它紧紧抓着扫帚杆，即便风刮得再厉害，它也从未松开。"

女子的声音忽然变得低哑："那时的我，还是个无所事事只会一点魔法就到处疯跑的小女巫啊，瘦骨嶙峋沉默寡言，还一直假装自己是个隐藏在世界中的某个扬名天下的大巫师。我最喜欢做的事情就是跑去吓唬叼着棒棒糖的人类娃娃，然后看他们丢掉糖果害怕的跑掉。

她的笑容慢慢消失，眼神变得黯淡，"我的不安和对自己的怀疑一点点蔓延到我的心脏。感受到它的爱后，我开始害怕它会离开，害怕它不属于我，害怕它不再爱我了。我把自己的孤独、愤怒、所有不安全感都丢给了它。我命令它只能属于我，命令它眼里只能有我一个人，命令它一刻也不能离开我身边。

可它是多么调皮的孩子啊！它趁着我不注意，总会偷偷溜出去，很晚很晚才回来。那天，我气急了，红着眼睛把它狠狠摔在墙上。它爬起来，小声地呻吟，却再也不敢跳到我身边陪我一起玩耍。"

她低下头，声音轻得几乎听不见："第二天，我醒来时，它已经不见了。我找遍了所有它可能去的地方，可我才发现，我连它经常去哪里都不知道。"

她的声音带着一丝微不可察的颤抖："我蹲在街角，捂着脸哭泣，不断地说'对不起'，可它真的消失了，没有留下一点痕迹。

后来，我丢下了扫帚和咒语，成了一个女仆，做了一段时间的普通人类，我像是钻到一个套子里，扮演了一个有喜怒哀乐，有家庭朋友的普通人。

后来的后来啊，我成为了一个吟游诗人，把它的故事向很多人诉说。"

"在这段路上，我在路边见过很多猫。我会给它们饼干吃，但再也没有带任何一只猫回家。我的行囊里，放满了我为它准备的食物和喜欢玩具。"

她的眼睛掉落下来一滴泪，轻声说道："我好想它。"

说到这里，女子缓缓起身，轻轻地拍了拍沾在衣服上的尘土。

"谢谢你可以倾听我的故事。"她回头看了我一眼，声音轻柔而飘远，"孤独的旅人，愿你找到你的星星。"

风吹起她的斗篷，掠过枝叶，她的身影渐渐消失在林荫道尽头。而那一瞬间，我恍惚看到，她的影子竟然变成了一只黑色的猫——那微微竖起的尖耳朵，那跳跃时柔软如水的身姿，与她的故事重叠在一起。

"原来，她就是那只猫吗？"我低声自语，目送着她的身影融入风中。

第五章：再见蒲公英

沿着这条路一直向前走，远远地，我看到一座座高高的水泥房子。它们像巨大的石柱般笔直地耸立在灰蒙蒙的天空下，仿佛要把整个城市撑到天际去。

傍晚时分，这片钢铁森林渐渐亮了起来。五颜六色的霓虹灯挂满了高楼的外墙，光影在空气中跳跃、流动，点亮了这片冰冷的城市。

我来到一座水泥垒砌的花园中央，缓缓坐了下来。

花园里有几株月季花，它们垂着头，叶片耷拉着，像是一群饱经风霜的人在低声叹息。周围是车水马龙的喧嚣声，人们步履匆匆，没有人注意到这个小小的角落。

就在这时，我的目光落在了花园的石头台阶附近。

那里，有一株瘦弱的蒲公英。它从水泥地的缝隙中长出，叶子发黄而干枯，但花茎依旧挺直，顶着两三朵倔强的小花。其中一株已经结出了毛茸茸的白色种子，正在微风中叽叽喳喳地低语。

"是你吗，蒲公英？"我蹲下身，声音带着些许不确定的熟悉感。

那株蒲公英轻轻摇晃着，似乎在回应我。

"是我啊，朋友。"它的声音微微沙哑，却带着喜悦，"你来了。"

我低头看着它，轻声问："你还好吗？最近过得怎么样？"

“还不错，”蒲公英笑了笑，花朵在风中轻轻颤动，“虽然这里的泥土很少，但我还是找到了属于自己的一寸土地。你看，我还在努力盛开着花朵，我的孩子们也快要成熟了。很快，他们也会像我一样，随风飞向更远的地方。”

“你找到了你寻找的星星了吗？”

蒲公英顿了顿，仰起头，目光望向城市的霓虹光影，声音微微低沉：“刚来到这里时，我以为这些光芒就是星星，是我梦寐以求的光。但很快我发现，这里并不像我想象中那样美好。”

“为什么？”

“水泥地的坚硬、土地的贫瘠，都让我一度觉得自己无法生存。阳光只能在高楼的阴影之间偶尔洒下，而风中的尘土让我呼吸困难。我在最初的日子里，常常怀疑自己，甚至哭泣。我努力扎根，却发现这里的一切都在排斥我，嘲笑我，仿佛我再也无法盛开属于自己的花。"

我伸手触摸它的叶子，想要给予一点安慰。

蒲公英微微摇了摇头，接着说道："在那些灰暗的时刻，我也曾经想过放弃。在漂浮不定的旅途中，我好似失去了所有的方向，处于一种极度的迷茫，我不知道自己接下来要做什么，我好像连活下去都很艰难。但是，当我落在土地上，汲取着每一滴稀薄的水分、珍惜每一缕难得的阳光的时候，我告诉自己：'再坚持一下，再尝试一下，只要还活着，我就继续努力地生长。'

渐渐地，我却明白了——追逐到所谓的星星并不是所谓的完美结局，追逐梦想并活在当下，才是让我坦然的东西。我怀抱梦想飞翔的时候，我充满渴望的前进的时候，我拼尽全力去努力在泥土里扎根的时候，这些都是我心中无比珍贵的东西。”

我看着它，心中五味杂陈："可是，因为追逐星星，你失去了森林的阳光、雨露，还有那么多动物朋友。你后悔追逐这些'星星'了吗？"

蒲公英静静地看着我，花瓣被霓虹的光影染上了微弱的光辉。

"也许吧，"它轻声说道，声音里带着一种温柔的坚定，"森林里的蒲公英，有阳光，有雨露，有柔软的土地。可你看——"它的花朵微微摇晃，"这样精彩的人生，就是我的星星啊。所有的选择都有得到和失去，更不能把别人的得到和自己的失去对比。我追寻梦想的过程，让我找到了属于自己的意义。"

蒲公英的话让我沉默，我望着它那挺直的花茎，目光落在随风而去的种子上。

它们像一群小小的旅人，带着希望和未知，向远方飘去。

蒲公英轻轻摇曳，低声对我说："走吧，追星星的旅人，出发吧。"

我深吸一口气，慢慢站起身，向着城市的尽头走去。

夕阳渐渐沉没，天边的光芒被拉成了长长的余晖。我回头看去，那株蒲公英依然立在水泥地的缝隙中，微风吹过，它的花朵依旧坚定地绽放着。

"再见了，蒲公英。"我轻轻挥了挥手。

一颗毛茸茸的种子悄悄从花朵上飞了下来，追随着我，它像蒲公英当初那样，一如既往的勇敢。

我迈入城市的黑暗中，脚下的路依旧未知，但心中却多了一份微妙的力量。

第六章：小怪兽与牧羊人

夜晚来临，空气中透着一丝微凉。

我蜷缩在一棵古树的树洞里，落叶铺在地上，软软地垫着我的身体。树影斑驳，月光像一层薄纱，从树洞的缝隙间洒落，轻柔地掠过我的脸庞。

突然，我注意到树洞的顶部，有两点蓝紫色的光芒，一闪一闪地亮着，仿佛天空中顽皮的星星。我好奇地坐起身，抬头张望。

一个顽皮的声音从上方传来："你是来抓我的猎人吗？"

我吓了一跳，身体不由自主地向后靠了靠："啊？什么是猎人？我之前是一个藏在盒子里的人，现在是一个追星星的人。"

“呼——”

一道黑影从树洞的顶部飞了下来，绕着我盘旋了几圈，最终轻盈地落在我面前。

我终于看清了它的模样。那是一只黑色卷毛的小怪兽，身体像一只毛茸茸的小猫，柔软而可爱。它的大眼睛闪闪发亮，眼瞳中流淌着蓝紫色的星河，深邃又神秘。头上长着两只红色的尖角，后背那双黑色的半透明翅膀轻轻扇动着，虽虚幻却带着一种无法忽视的力量。

我慢慢坐下，与它平视，声音轻柔地问道：“你是谁？”

　　它眯起眼睛，微微扬起下巴，傲然地说道："我是来自深渊的小怪兽，名字叫空镜。我拥有反射人心的能力。许多猎人都想要捕捉我，他们想剪掉我的翅膀熬成汤，想把我的红色角拿去搅拌药水，他们还想给我戴上铃铛，把我变成一只可怜的人间猫。"

　　我皱起眉头，喃喃道："那真是太可怕了……被锁链束缚的世界，我也曾经路过。那些人把自由视作危险，把枷锁视作安全，他们甚至痴迷于给没有锁链的人加上锁链。"

　　小怪兽的眼睛亮了亮，露出一个笑容："你真是个有趣的家伙！你说的话很合我的胃口。我也厌恶那些试图驯养我的人。我是深渊的孩子，是可以自由飞翔的野兽。"

它翅膀轻轻一振，声音里带着一丝骄傲："那些自称'猎人'的家伙啊，他们根本无法靠近我。我见过很多愚蠢的猎人，他们还没来得及接近，就因为自己的贪婪和无知坠入深渊，变成了一堆白骨。"

我眨了眨眼，问道："那你有遇到过聪明的猎人吗？"

"哼，高明的猎人也有，只是他们的手段更加可怕。"

"有的猎人是捕梦者。"

它的声音变得幽幽的，像从深渊里传来：“他们用魔法一点一滴地抽取我的梦，把我最美的梦境抽离出来，织成一片五光十色的幻觉。当梦被抽走时，我的身体便无法抑制地被拖入那个美丽却致命的幻觉中。”

“还有的猎人是潜伏者。”

“他们远远地观察我，第一天站在阴影中，第二天靠近一步，第三天再近一点，每次都恰好踩在我的警戒边缘。他们躺在那里，伪装成毫无威胁的存在，慢慢地变成空气、水、阳光……等我反应过来时，他们已经成为环境里不可或缺的存在。”

“还有的猎人是角逐者。”

小怪兽的翅膀猛地一振，声音中带着一丝愤怒："他们在我的领域设下荆棘和光网，逼得我竖起所有的铠甲与他们搏斗。他们冷眼旁观，贪婪地吸取我的灵魂和能量，直到我唤醒深渊的力量逃脱。"

我听得浑身发冷，喃喃道："这太可怕了……如果是我，我一定会吓得蜷缩在盒子里，不敢动弹。"

小怪兽轻蔑地抖了抖翅膀："猎人可以让我痛苦，可以让我死亡，但我从不惧怕死亡。死亡只是重生的开始，而我已经在深渊里重生了很多次。"

我犹豫了片刻，轻声问："那你愿意给我讲讲你和猎人的故事吗？"

小怪兽盯着我，轻轻嗅了嗅："你的气息很特别，明明有强烈的欲望，却又干净得让人惊讶……算了吧，猎人的故事太过于浑浊，不适合你这样气息干净的孩子听。"

它收起翅膀，微微一笑："闭上眼睛吧，今夜我会来到你的梦里，给你讲一个温柔的故事。"

我找了个舒适的姿势，轻轻的闭上了眼睛。

我已经在你的梦里，不要害怕，听我慢慢向你诉说。

你知道的，深渊总会不断的变化位置，它可以在世界上的任何一个地方停留。有时候会停留在某片森林的深处，某个寒冷陡峭的山峰，某个城市五光十色的霓虹灯下，某个街道阴暗的后巷，某人偏执的大脑，或者哪一颗孤独疯狂的心底。

每当停留下来，我会穿梭在其中，窥探每个人的欲望，用空白的镜子反射他们每个人求而不得东西。他们的欲望和梦境苦涩难以下咽，进食对我向来是一件痛苦的事情。

但是在某天，深渊停留在了一片草原上，这是一件很少见的事情，因为草原向来人烟稀少，我很难找到食物。我在夜晚穿梭，却只看到了一片羊群，和孤独沉睡的牧羊人。

它的声音变得温柔而缓慢，像是讲述一段久远的回忆："那天夜晚，我悄悄靠近牧羊人的木屋，准备窥探他的梦境。可就在我靠近的一瞬间，他醒了过来，一把抓住了我的脚。"

"我们在黑暗中对视了很久，谁也没有说话。

最后，我忍不住轻声说了句：'嘿。'

他也回了一句：'嘿。'"

"你是谁？"

"我是这里的牧羊人。"

“牧羊人？”

“是的，作为牧羊人，我是这片草地的国王。我的臣民是这里的羊群，它们温顺乖巧，并听从我的指挥。”

“听起来很厉害，但是管理这么多羊，似乎也充满了约束和辛苦。”

“当然，国王拥有自己的责任和义务，并对领地充满爱和保护，是无法长时间离开的。但我很满足，也很快乐。以后，也许我会去隔壁的王国里，精心挑选一只聪明的牧羊犬，它会帮助我更好地管理羊群。你呢？你是从哪里来，要到哪里去？”

"我是深渊里的小怪兽，来收割你的欲望和梦境。怎么样，是不是很可怕！"

小男孩笑得身体都在颤抖："啊，是呀，好可怕！超级可怕！"

我和他笑作一团，就这样开始了我们的故事。

白天，他在草原上放牧羊群；夜晚，他则静静地坐在木屋里，等待我的到来。

我给他讲述深渊，讲述那些梦境的碎片，讲述明亮与黑暗交替时城市上空浮现的欲望之云。他则给我讲述草原，讲述放羊、牧马，以及他对未来的向往。

他的欲望简单而纯粹，无法填饱我的肚子，却是我从未品尝过的美味与甜蜜。

我甘之如饴，夜夜前往。

我陪着他长大，从一个小男孩长成了青年，看着他变得高大坚韧，看着他被王国征召为骑士，踏上了圣战的征程。

我定位了深渊的节点，偶尔探出头来，悄悄地看一眼他是否归来。

他的羊群解散了，野草疯狂生长。小屋开始变得破败不堪，草原上空的风声显得空荡而孤寂。他的脸庞渐渐模糊，身影也变得迷离，我对他的思念从饱满的无处安放，变成了一丝红色的细线，渺小却坚定地固定在那里。

不知过了多久，他终于回来了，披着破损的盔甲，身上带着触目惊心的伤疤。他的脸上有了皱纹，眼神变得冷漠。

他脱下了盔甲，换上了柔软的牧羊人衣服，重新搭建起了那间摇摇欲坠的小屋。然而每到夜晚，他总会被噩梦惊醒，喘息着抚摸那些残留在身上的伤痕。

我悄然出现在他的眼前，看着他的眼睛——从恐惧与防备，到逐渐柔和的温暖笑意。

　　然而这一次，他不再像从前那样无忧无虑。他变得沉默少语，目光深邃而遥远。而我依旧活泼地奔跑在他面前，向他讲述外面的世界，讲述那些新奇又古老的故事。

　　他伸手落在我的红色尖角上，轻轻地摩挲着，不再说话，眼睛里盛满了我看不懂的痛苦和挣扎。

　　什么时候事情出现了转变呢？

　　是我的灵魂出了问题。

　　你要知道，我是深渊里的小怪兽空镜，虽然我只是欲望与梦魇的反射和媒介，但我的身体里，或多或少残留了梦魇的杂质。当镜面变得模糊斑驳时，它就会幻化成一个黑色的影子，与我一模一样。我必须与这个邪恶的自己进行一场生死搏斗。

有时候我赢了，影子便会退回镜子里，空镜会恢复原本的空白和璀璨。 有时候我输了，它就会吞噬我的所有记忆，化作白色的星光，将镜子擦拭一新。

有一天，我又去寻找牧羊人，去品尝他简单的梦和纯净的欲望时，我忘记了——我的镜面已经斑驳不堪。

猝不及防的梦魇从我体内涌出，出现在牧羊人面前，袭击着他，试图将他拖入无底的深渊。

我发出一声绝望的尖叫："不！"

牧羊人却在那一刻，召唤出骑士的铠甲，手握利剑，像一个真正的英雄一样劈开了我黑色的邪恶影子。

影子在利剑之下瞬间破碎，化作点点星光，消散在空气中。而那面斑驳的镜子，也终于恢复了空白和平静。

我回过神，看到他微微颤抖的手，猩红的双眼，还有那如山一般伟岸的身躯。我知道，他又恢复了国王的勇气。

什么？追星星的人啊，你想问故事的结局？

后来的后来，故事的结局总是如此的相似。就像许多童话故事里说的那样，王子和公主会幸福地生活在一起。而我，也可以在梦境中构建类似的结局。

牧羊人他重新组建了羊群，比他年幼的时候脑海里想象的还要多。他也养了一只聪明可爱的牧羊犬，与它幸福相依。每一个晴朗的日子，他都会慵懒地躺在宽厚的羊背上，吹着草原的风，看着天上的云，惬意而满足。

我偶尔去看望他，听他双眼明亮地分享他的幸福与故事。

"你问这个结局是真的吗？"

小怪兽笑着看着我，声音里带着一丝神秘："当然是啊。因为我只是空镜啊，这个结局，反射的都是你的内心。"

"孤独的旅人啊，天色已亮，醒来吧。"

我猛然睁开眼，阳光已经透过树洞洒在我的脸上。

"醒来吧，你又要出发了。"

第七章：变色龙

清晨的微风，携着清冷的阳光洒在我的身上，温柔地拂过我的脸颊。

我缓缓睁开眼睛，揉了揉惺忪的双眼。微弱的阳光透过洞口照进来，我看见一个身影正坐在洞口的石头上，背对着我，悠闲地晃动着双腿。

我问："空镜吗？你怎么变成了人类的样子？"

那人转过头，黄色的眼睛微微睁大，小小的身体裹在灰扑扑的棉麻衣裤里，圆脸蛋因为疑惑而有些鼓起，短短的黑发贴在额头上，这个人竟然长得和我一摸一样。

"你是谁？你怎么长得跟我一样？"我连忙揉了揉眼睛，定睛一看。我发现它不再是"我"

的模样，而是一个浑身覆盖着颗粒状鳞片的变色龙。

"你不是人类，你是变色龙，我曾经学习过你的特征和描述。"

它笑了，声音带着一丝诧异："你竟然能看破我的伪装？很少有人能够做到。他们都会以为，自己遇见了另一个自己。"

它伸出爪子，指了指自己的鳞片："是啊，我是为了保护自己，伪装成人类的变色龙。"

"那你为什么要变成我的样子？"我皱起小小的眉头，声音带着疑惑。

"因为人类总是偏爱和自己相似的东西，"变色龙的眼神深邃起来，"我通过模仿你，来保护我自己。当我遇到天使，我就变成天使；遇到恶魔，我就变成恶魔；遇到哲人，我变成哲人；遇到乞丐，我便是乞丐。人类是自私的，他们最爱、最愿意保护的，始终是‘自己’。"

"这真是神奇的变身。像我，我就不会这种奇妙的魔法，我只是一个孤独的追星星的人。"

变色龙盯着我，用一种似笑非笑的表情说道："可是，作为一个变色龙哲学家，我想问你：你追求的究竟是星星，还是你自己？星星是谁？星星是你吗？你又是谁呢？"

"你说话太绕口了，我听不懂！我从未思考过这些事情。"我疑惑的挠了挠头，继续说道，"不过，你这样聪明又会变身魔法的变色龙，一定很厉害吧？！"

变色龙哈哈大笑，尾巴轻轻拍打着石头："那当然，除非我遇到想要伤害自己的人。"

我看着它一脸认真地说道："那怎么可能呢？谁会想伤害自己？就像我，好不容易从盒子里走了出来，走到了这片世界里。我嗅到了风的气息，看到了鲜艳的花朵，踏上了一条通往星星的神秘路。虽然有点孤独，但这是充满希望的旅程。"

变色龙看着我，微微一笑，然后从口袋里掏出两个红彤彤的浆果，递给我一个："吃吧，这是'头脑清醒的浆果'。在你的前方有两条岔路口，一条路泥泞不堪全是荆棘，一条路开满鲜花，但是里面藏着危险的食人花。吃了它，你就不会被食人花迷惑，也不会被荆棘划伤。"

我接过浆果，低头打量它，脸上满是好奇："你是从荆棘路上来的吗？"

变色龙摇了摇头，表情带着些许得意："不，变色龙有时候会千变万化。当我无法抉择时，我会变成两个分身，分别走向不同的路。只要其中一个'我'没有死去，我就能继续活着。"

"那两个你都活下来了吗？"我捧着浆果，忍不住问道。

变色龙舔了舔嘴角，露出一丝后怕："在食人花那里我差一点死掉。你要知道，食人花非常美丽，它是天生的伪装者和骗子……它总是装扮成你最渴望的东西，诱惑你靠近，等你无法自拔时，张开大口将你吞噬。"

变色龙微微一笑，眼中带着一丝骄傲，"但是你要知道，我很厉害的。我大概是第一个从食人花花丛里逃出来的生物。两个'我'都没有死去：走进食人花田的那个我，带着它的浆果走了出来；走荆棘路的那个我，被划破了皮肤，但也活了下来。两个我重新组合，成了完整的我。"

我睁大了眼睛，稚嫩的脸上满是好奇："那食人花是什么样子的？它为什么会那么危险呢？"

变色龙的表情严肃了起来，缓缓说道："食人花美丽、浪漫又迷人。它和我一样，是天生的伪装者和骗子。

有时候，它会伪装成流浪诗人，唱着动人的歌谣，引人靠近，然后张开满是牙齿的巨口吞噬他们。 有时候，它会变成受伤的小鸟，当你靠近时，它却化作丑陋的恶魔，喷射黏液黏住你。

有时候，它会变成你内心最渴望的东西，比如：救赎、希望、善意、爱情，甚至是真实的自己。但它本质上不是这些，它是恐惧、谎言、空虚、自负和自卑。只有吞噬猎物，它才能短暂地感受到满足和快乐，开出最绚烂的花朵。"

变色龙叹了口气，接着道："而我，为什么要靠近食人花？因为我从未看见过真正的自己。当我看到花朵，我变成花朵；看到湖水，我变成湖水；看到鸟儿，我变成鸟儿。甚至照镜子时，我也变成了镜子。而镜子照射镜子，只会是一片虚无。"

"但在食人花的幻境中，我看见了自己。我有分叉的舌头，有粗糙的鳞片，还有丑陋的四只脚。那一刻，我因为看到了自己而心情复杂。我一方面不希望看到自己丑陋的身躯，不希望看到自己在大自然里无所遁形，而另一方面，我又渴望看到自己，也渴望别人看到我，这样似乎就有存在的意义。于是我把头探到花蕊里，激动地想看得更清楚，但是却险些丧命。"

"就在千钧一发之际，我清醒过来。我为什么要看得那么清楚呢？过于清晰的自我，只会让我无法接受，变得痛苦不堪。我只需要接纳我自己是丑陋的变色龙这件事情，我就可以过的比之前快乐许多。"

　　"于是我变成了食人花的样子，趁着它在自己的幻境里疑惑而暴怒，我拿走了它花蕊里的两个浆果，并且逃离了出去。"

　　我听着它的故事，咬了一口浆果。汁水顺着嘴角滑落，甜中带苦，一股热流涌过胃部，让我忍不住咳嗽，但我拼命忍住了。

　　我想了想，跟变色龙说："你不让我走那条路，是因为我有自己想得到的东西吧？就是一颗亮闪闪的星星！因为我有梦想和愿望，所以就会容易陷入一个我竟然短期就能得到它的狂喜和幻觉中。"

　　"变色龙，谢谢你的浆果。"我抬头看着它，稚嫩的声音充满了真诚，"也谢谢你教会我。请相信我，你是值得被自己爱的变色龙，不是花朵，不是鸟，不是湖水，也不是镜子，你只是你自己。我可以清楚的看到你的鳞片和分叉的舌头，我也可以看到鳞片上有蓝色和绿色的光，它们不丑陋，它们也是美丽的。"

变色龙微微一愣，眼神中闪过一丝柔软。它慢慢变回了自己的样子：满是鳞片的皮肤，分叉的舌头，还有四只坚定的脚。

它低头看了看自己，又看了看我，轻轻一笑，向洞外走去。

我看着它的背影，走着走着，它便消失了，也许又变成了某棵植物，或者某只动物吧。

我站起身，走向前方的分岔路，远远地看了一眼那片食人花田，那里仿佛闪烁着淡淡的金黄色光芒，像极了天上的星星。但我没有被迷惑，坚定地踏上了荆棘之路。

奇怪的是，荆棘并没有划破我的双脚。

我想，我的旅途上虽然充满了危险，但也充满了复杂的美好事物。比如，那颗变色龙送给我的，深藏在我胃里、甜中带苦的红色浆果。

第八章：拼凑灵魂的人

　　我在面前的路上一直往前走，迎面走来一个时不时弯腰停顿的人。凑近一看，她是一个泥土做的女孩子。

　　她看起来大概七八岁的年纪，泥土做的身体上布满了干燥的裂缝，身体表面镶嵌着各种颜色的石头，还有一些树枝和树叶。

　　她步伐非常的缓慢，一直低着头走路，后背有一点轻微的驼，像一个老人一样，沉默而缓慢的挪动。走了几步，她低头捡起一颗红色的石头，拿起背包，瓶子里倒一点水在心脏的裂缝处，然后皱着眉头把石头按压在上面。

　　我看到她镶嵌完成后好像用尽了全身的力气，默默的坐在了路边。

我走到她附近，坐在了对面的路边，看着她。

看了好久，她都好似没有察觉到我的存在，眼睛空洞的呆呆地盯着地面。

我忍不住出声："嗨，你好！"

她吓了一跳，脸上浮现了几颗红色的小石头，像是害羞的脸。然后用很小的声音说："我好，啊不，你好。你是谁？什么时候坐在这里的？"

"抱歉吓到你了，我以前是装在盒子里的人，现在我是追星星的人。我坐在这里大概一刻钟了。"

“没关系，我的灵魂不完整，所以不努力集中精神的话，就会看不到其他人。我也不知道我是谁，我只知道我在拼凑自己的灵魂。”

“拼凑灵魂？为什么要拼凑灵魂呢？”我有点疑惑。

她说：“我的身体就是我的灵魂，我的灵魂就是我的身体。我会因为不适应太阳的热情而布满裂痕。我会因为不适应风的追求，而被风吹走头发和鼻子。我会因为不适应雨的暴怒，而变得矮小自卑。”

我问她：“那怎么样，你才能把身体和灵魂都修复好呢？”

她摇了摇头，说："我不知道，但是我一路走走停停，发现不同的石头就是我灵魂的碎片，我把它们挖起，擦拭干净，放到我的身体里。"

"那你拼凑了多少灵魂了？我看你已经是一个完整的泥人了，只是有一点裂痕。"

她想了想，说："我的灵魂还有一小部分在游离与不安，而不安和模糊感让我破碎。不知道为何，我总是不安，所以灵魂一直破碎又粘补，破碎又粘补，我都在想要不要用人类城镇的胶水来粘上它们，但是又担心自己最后变成满身胶水味的臭臭的人。"

我问："你在不安什么？"

她回答："我走过很多的地方，见过很多的人，有的地方的人会觉得我是怪物，用很多恶毒的话攻击我，想尽各种方法来驱赶我，我自卑又恐惧。有的地方的人会觉得我是神灵，会想要把我囚禁起来供奉我，我自傲又恐惧。在这种极端的冲突中，我的身体越发撕裂。我不知道，自己到底是什么呢？"

我看着她，她看着我。我看到她的眼睛里聚满了泪水，泪水里倒映着我的样子。

不知道怎么，我的眼睛也聚满了泪水。

我轻声说："你的眼睛里是我的影子，我的眼睛里是你的影子。你可以通过我，看到你自己的样子。就像，我在你的眼睛里，看到一个风尘仆仆的旅人，看到一个好奇纯真的孩子，看到蒲公英和萤火虫，看到猫咪和树丛，看到了漫天的星辰。你在我的眼睛里看到了什么呢？"

　　她站起来走近我，坐在我对面，脸庞凑近我，定定地看着我的眼睛，轻声说："我看到承载万物的大地，看到五彩斑斓的石头，看到河流和历史的变迁，看到生命死去又复活，复活又死去，看到小鸟曾经的窝，看到秋天树叶落下，看到冬天的雪，看到裂缝里有青草的种子在默默扎根。"

　　她开心的笑了起来，拍了拍手："原来，这就是我的样子。"

　　我的泪水流了下来。

　　她眼神灵动起来，开心的对我说："是，原来这就是我的样子，不美也不丑，不是怪物也不是神灵，无需自卑也无需自傲，我就是我自己。

谢谢你，我认识到自己的样子以后，终于可以变成一个完整的灵魂了！"

她打开了背包，把所有的水都倒入到缝隙里，我看着她的裂缝里开始迅速生长很多绿色的草，把她填补起来。她开始跳舞，开始在土地里钻来钻去。最后，她摘了一朵小小的花，放在了我的手心里。

然后她与土地融为一体，消失不见了。

我抱着自己哭了一场，我也不知道为什么。

我想，她大概是大地。

我想，她看到了自己。

我想，我也看到了自己。

第九章：路边的大树

　　阳光暴晒，我走得口干舌燥。　前方，是一个三岔路口。我从一条路走来，面前分出左右两个方向，而路口的中央，伫立着一棵巨大的树。枝叶繁茂，宛如一把撑开的绿伞，将阳光筛成斑驳的光影洒落在地上。那粗壮的树干高耸入云，仿佛要直通天际，树冠向四周舒展，将两个岔路都笼罩在它的影子里。

　　"哗啦啦～哗啦啦～路过的旅人啊，请歇歇脚～"

　　树叶轻轻摇晃，仿佛在唱一首柔和的歌。我愣了愣，走向那棵树，坐在凸起的树根上。凉爽的阴影笼罩着我，树上掉下一颗又一颗果子，恰好落在我的脚边。

"谢谢你，大树，给我阴凉与果实。"我抬头道谢。

"谢谢你，旅人。"大树的声音从树叶间传来，温和而低沉，"已经很久很久了，终于有人再次停下来，愿意与我共度片刻时光。"

我微微一愣，抬头看着这棵庞然的大树，迟疑着问："再次？这个路上，还有其他旅人吗？"

大树轻轻摇动着枝叶，声音里带着回忆的柔软："是的，这条路上，有很多和你一样孤独的旅人。从前，我只是一棵默默生长的小树。我的根扎在这三岔路口，看着无数旅人走过。直到有一天，她来了。"

"她？"

　　"是的，一个站在路口徘徊的女孩。她的眼神里有迷茫，也有对远方的向往。我被她吸引了——一种无法言说的感觉，让我第一次渴望变得不同。于是，我隐瞒了自己原本的身份，变成了一个小男孩，走到她的面前。"

　　"她相信你吗？"

　　"她没有怀疑。"大树轻叹一声，"我陪她坐在路口，谈天上的星辰，谈大地的故事。黄昏时，她笑着说，这是她旅途中最放松的时刻，接下来的路我们也许可以一同前往。那一刻，我以为自己握住了幸福。"

　　大树的声音低了下来："可夜幕降临，一场暴雨突然而至。雨水打湿了她的头发，她在睡梦中皱起了眉头。那一瞬间，我心底涌起了一股冲动——我想为她遮风挡雨，想让她永远停留在我身旁。"

"然后呢？"我轻声追问。

"我的双手变成了树枝，双脚变成了树根，身体化作粗壮的树干，深深扎入泥土中。我耗尽了所有的能量，努力长成了一棵巨大的树，为她撑起遮风挡雨的天空。"

"天亮后，她醒来了，四处寻找着我。她呼唤我的名字，眼神里满是惊慌与失落。我想告诉她，我就在这里，但我已经无法开口。我只能看着她在树下徘徊，最后，她背起行囊，踏上了她的旅途。"

"她不知道你就是这棵大树吗？"

　　大树沉默了一会儿，缓缓说道："她以为我们是同一条道路上的旅人。虽然我伪装成为了一个旅人，但我终究是一棵树啊！我注定要向上生长，而她注定要前往远方。"

　　"或许在她看来，我的突然消失，是一种无声的拒绝，是一种抛弃。而在当时的我看来，她没有继续在树下等待我，也是对我不够坚定。可我现在明白了，强行去干涉对方的旅途，这都是来源于心里的欲望和自私，而这都不是爱。"

　　大树轻轻摇晃枝叶，像是自嘲般地叹息：

　　"她离开后，我拼命向上生长，我想变得更大，更强壮。我想，如果我足够高，足够大，她在旅途中抬头时，依然能看到我。这样，她就不会忘记，在她曾经停留过的三岔路口，有一棵大树，一直在那里守望着她。"

"而且，"大树的声音变得柔和，"我也希望自己能看得更远。看见她的身影，即便渐行渐远，也能守望着她，哪怕只是一个小小的影子。"

我抬起头，望向那高耸入云的树冠，阳光透过枝叶洒下斑驳的光影，宛如大树柔软的目光。

"大树，你变得强大，不只是为了她，更是也是为了自己。你守护过她，也守护着其他旅人。爱并不是占有，而是成全，是自由。"

树叶沙沙作响，像是回应，又像是一首温柔的歌。

"谢谢你，旅人。"大树轻声说道，"你是第一个愿意坐下来听我故事的人。"

我笑着说："不客气，也谢谢你。"

我坐在大树凸起的树根上，仿佛在它的庇护下找到了片刻的安宁。等到天色渐暗，暮色一点点吞噬了大地，我抬头望向天空，星光已经悄悄洒下。我知道，我的路还没有走完。

"谢谢你，大树，我也该走了。"我轻轻道别，朝着那远方星光的方向迈步而去。

大树的叶子轻轻摇曳，仿佛在送别，也仿佛在守望。

第十章：赤脚神灵

天色彻底黑了下来，前方是一片荒原。这里寂静得可怕，满地枯死的树木如同扭曲的手臂，指向漆黑的天空。黑色的乌鸦成群地栖息在枝桠上，偶尔发出一两声嘶哑的鸣叫，透着荒凉与孤独。我走在这片荒原上，风裹挟着黄沙拍打着我的脸，我感到寒冷且孤独。

忽然，荒原中传来一阵轻微的颤动。

神说："我要出现。"

于是，她便出现了。

我停下脚步，看见她依靠着一棵枯死的树，姿势随意，赤着脚，脚底沾着泥土和已痊愈的伤疤。

风沙在我们之间穿梭，发出呜咽的声音。我走过去，在枯死的树根上和她一起静静地坐着低头看向地面，却发现地面浮现了一处水洼，像是走马灯一样闪烁过很多人的生命历程，我看到了无数孤独的旅人，在各自的人生道路上行走，遇到了很多人，很多事物，发生了很多故事。

我望向她，轻声问道："神啊，你低头垂眼看人间疾苦，是冷漠，还是悲悯？"

她轻轻地笑了，抚过我的头发，动作轻柔却带着一种穿透时光的力量。那一刻，我看到她笑容中藏着疲倦与慈悲，像是一位走过千山万水的旅人，承载着无数岁月的沉重。

"神一开始，也并不懂得人间的故事。"她叹了口气，目光望向遥远的荒原深处。

说罢，她缓缓起身，冰冷的指尖轻轻点在我的眉心。

一瞬间，我的眼前开始模糊，天地扭曲变形，仿佛有一股力量将我拉入了另一个世界。在完全看不见之前，我瞥见她的身影化作一缕烟、一缕光，悄然消失在黑暗中，神秘而寂静。

"星星的信仰者，既然你想知道，那就亲自来看吧。"

我睁开眼时，眼前的世界焕然一新。

天空是一片幽暗的灰色，脚下的土地变得柔软而湿润，像是走在一片薄雾笼罩的梦境里。远处，一座巨大的石头城堡矗立在苍茫的荒原中央，孤傲而肃穆，仿佛时间在这里停滞了。城堡的墙壁满是裂纹，攀附着风干的藤蔓，散发出一种古老而寂寞的气息。

踏入城门的瞬间，一种温暖的光芒取代了外界的冷寂。柔和的阳光透过高高的窗棂洒落下来，光线中微尘飘浮，如同一场缓缓流动的金色梦境。庭院中，绿草正静静生长，含羞草在微风中微微颤动，花蕾轻轻合拢又舒展，仿佛在呼吸。

我抬头望去，看见庭院一侧的长榻上，神灵安静地躺在那里。她不再是荒原上疲倦的模样，而是像个沉睡的少女。阳光勾勒出她柔和的眉眼，嘴角带着浅浅的笑意，神情宁静而安详。

那一刻，我幻化成了一只黑色的猫，轻盈地跳上长榻，蜷缩在她的身旁，慵懒地闭上眼睛。

我能听见她平稳的呼吸声，感受到她身体散发出的淡淡温暖。这一幕，定格成一幅画，安静得仿佛岁月从未流动。

可忽然间，一阵异样的风吹来，带着低低的呜咽声。庭院外的空气变得凝重起来，远处传来一阵歌声，那歌声苍凉而悠远，像是在诉说着无尽的孤独。

神灵缓缓睁开了眼睛，目光中带着一丝迷茫与柔软。她起身，裙摆拂过庭院的青草，赤脚走向那片光影交织的门外。

我跟着她的脚步，看见城堡外的世界开始变化——树林变得漆黑而荒芜，树枝像是无数双枯瘦的手，试图将一切拖入黑暗。

她迈入那片黑暗，身影在歌声中若隐若现。我看见她赤裸的脚掌被尖锐的石块划破，渗出的血滴在地上，开出暗红的花。可她没有停下，目光坚定，像是追寻着某个不可触及的存在。

"那是神灵的孤独。"她的声音从风中传来，"当我第一次走过人间，我也曾迷茫、痛苦、挣扎。我想要拯救一切，想要温暖所有的生灵，但我发现，神也不过是带着伤痕前行的旅人。"

她停在一片浓雾的边缘，微微侧身看着我，目光中带着无尽的温柔："星星的信仰者，孤独并不可怕，正是因为这份孤独，我们才能在黑暗中找到光，在伤痛中找到成长。"

神说："一切都已结束，一切也都尚未开始。"

她化作一缕光，穿透浓雾，消失在远方。

我回过神来，依旧站在那片荒原上。

我又回到了我追星星的路上。

冷风掠过，乌鸦成群飞起，发出尖利的鸣叫，带走了最后一丝沉寂。我的心却异常平静，仿佛被一双温暖的手抚过。

我抬头望向远方，那片星空依旧闪烁，像是无数颗微小的火光，在黑暗中为我指引方向。

不知道为何，我却感觉，我不再是孤独的旅人。

星星啊，我为你而来，也有很多人，将会奔

赴我而来。

后记

这本书从 2022 年开始创作，经过两年的沉淀和书写，终于完成。每一个字都承载着我的思绪与情感，像是在黑夜中与灵魂倾诉，细数关于爱、成长、自由与方向的追问——那些生命中最深沉、也最无法放下的渴望。

我们每个人都在追逐星辰的旅途中前行。也许会有彷徨，会有跌倒，但总有人会再次站起，带着希望继续前进。书中的每一个角色，都像是我旅途中遇见的影子，映射着我自己，也映射着你、映射着所有怀抱梦想却挣扎着向前的心灵。

当我写下最后一行文字，我才真正明白，这不仅是一个故事的终结，更是我内心一次深刻旅程的回响。

对你，我亲爱的读者，我希望这些文字能成为你生命中的一束微光，温暖你，点燃你，让你记得，你的星辰一直在那里，等待你去发现，去追逐，去触碰。

莫西

2024 年 12 月 30 日